他是鼓勵你：
　如果要把單誼/單字學好，
　要常常看書和和人聊天練習

（小土）的單誼就很好
（小口）也是
他都不講話
　常坐在後面
　有去取食
　社團

他說他說口語像
小孩子　　誓言
（絕）因為他聽不清楚
　所以發音會比較像
　小朋友 學說話
　伴隨/同意了沒見面呀？
　你覺得呢？（沒關係）
　看你想買什麼樣的伴侶

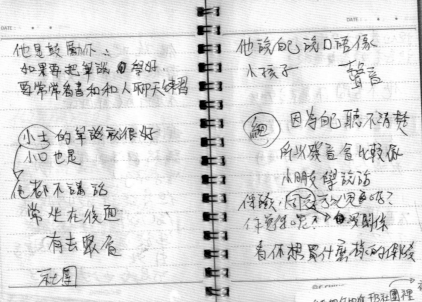

辦文件？
應徵？
他兼職工作
但是我也不會化文
公司經理想希望
我可以做到，
他有商過徵件的
聾人出書店寫

很難吧
要很會溝通 跟交朋友
不是所有人都適合

我覺得跟不認識的人
講話 但溝通很不容易
些子呀！
但是經理說是屁來
像復健的聾人講話
單族菱度才有閱聽
歸北
可是我也沒有世過

秘密社團
我要把你加進 FB社團裡

FB 知名字　　台北很好

我是新人！

我是有！但我不是異性戀的

第一有空的話
全主gg晚接！

你在哪裡看到我們的資訊？
bbs.ptcc.com

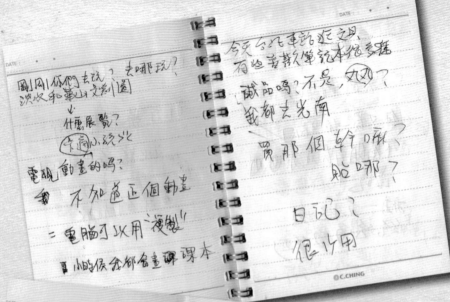

SILENT IN TOUCH

聽不見的小翔

大布吉
圖／文

作者耐心聆聽，讓聽障同志跨越身體和性向的雙重認同，打開心房，分享他們動人的感情故事。

——聾人協會理事長　牛暄文

語言，是進入文化的橋。

在這些年的手語翻譯工作中，我透過聽障朋友的語言，手勢、表情、肢體、動作，穿梭在聽聾文化裡，看見許多精采動人的畫面。

在《聽不見的小翔》的繪本裡，我看見作者用心「聆聽」，貼近書裡一個個無聲動人的故事，再用他的「語言」，揮灑色彩線條，勾勒出一座橋，帶領讀者們像愛麗絲般，一頁一頁走進聽障同志朋友們豐富精彩如你我的生命裡。

——人在囧途，體驗譯界人生，努力向上的手譯員之框框裡的魚　蕭匡宇

推薦序──閱讀不同的彼此

Vincent（黃智堅）

真情酷兒節目主持人、殘酷兒（殘障同志團體）團長、手天使（台灣性義工組織）負責人

他寫出來的語句，為什麼都是這樣格格不入？看不透也猜不懂他的意思。而他在臉書上的留言，如此直白和傷人，讓我瞠目結舌！私底下收到他的訊息，常常看不懂。我會一再把我所了解的字面意思，回覆給他，確認是不是他的真意，我有沒有誤會了他？他也快速地回覆了我，但仍舊令我丈二金剛摸不著腦袋！這是我第一次和聽障者做文字溝通，著實撞了壁。爾後，他常在臉書上和人互動，原本有位殘障者心情不好，大家都和善地寫下鼓勵，唯獨他的留言犯眾怒。大夥怒斥他不該以文字傷害友人……

上述的文字來自一位朋友的私下抱怨。文中那位犯了眾怒的聽障朋友，與我也相識，從見面的互動中，我能感受這位聽障朋友性格溫暖，與抱怨文

字所說的大不相同；於是我找了認識的手語老師解答，才發現聽障朋友使用的手語，其文法與我們聽人（聽障者對一般人的稱謂）的文法差異極大，他們在書寫文字時沿用手語文法，因此產生了溝通上的障礙。

這時我才理解，原來聽障朋友的自然手語與中文手語也截然不同。曾有朋友問及，為何聽障不能以聽人的手語來融入社會？聽障朋友的回應是：「我這樣表達再也自然不過了，為何要我們以自己不熟悉且麻煩的方式來和你們溝通？」是啊，現場的我雖然沒有答腔，但我承認自己被打臉了！他的回答點醒了我，不尊重聽障文化，就如同一再的要求原住民文化遵循漢人文化的軌跡發展，是同樣霸道的行為。

這樣的經歷，有助於肢體障礙的我看見了彼此

不同的障礙層次。當我閱讀《聽不見的小翔》時，感觸極深。我想你的直覺可能與我類似，第一眼觸及文字時，一定會懷疑編輯是否不用心？校對怎麼如此不專業？何以一些文字，閱讀起來既奇怪也不順暢？但由於過往與聽障朋友的互動，使我忍不住為這些文字喝采，它沒有因為出版產業對於文字的「堅持」而過度更正原創。一直以來，台灣社會講求少數服從多數，多數尊重少數的民主精神；然而實質上，這樣的正義卻夾雜著變態：當少數服從了多數，多數卻霸凌了少數。類似的情境在弱勢族群中一再上演。或許有些人會認為，要聽障朋友適應聽人社會的立意是良善的；但這麼做的同時，是否只站在聽人的立場思考，卻對聽障朋友真正的困境視而不見？如果你能在享有（連想都不用想就獲得的）權益時，仍為聽障朋友思考：大家一起來學手

語甚至教育部也將手語列為第二語言，如同英語或台語，會不會對聽障朋友更有實質的幫助？

　　書中呈現聽障朋友的難處，俯拾皆是。比如一段不曾吵架的戀愛關係，應該是眾人欣羨的吧？但探其結果，卻令人心酸不已：戀人自私地以為聽障伴侶無法聽見，便在他面前以電話向第三者甜言蜜語，殊不知會讀唇語的他，同時讀進了外遇的事實……箇中酸甜，如人飲水。

　　在《聽不見的小翔》書中，能讀到聽障朋友透過文字抒發的無奈，同時也希望能藉此讓更多聽人理解聽障朋友的世界，消弭兩者之間的距離，拉近彼此。我也對出版本書的基本書坊表達敬佩之意，為了讓大眾更了解聽障朋友，他們無懼市場艱困，只為貢獻一點心意。

自序——**用心傾聽寂靜的聲音**
大布吉

臉書正興盛的時期，我利用臉書追蹤了許多社會及環保議題的粉絲團，當時，男友介紹了王鐘銘的臉書，告訴我可以看看他的文章。加入並且也認識鐘銘一段時間以後，某日鐘銘發了一則訊息，邀請大家參與聽障同志在烏來老街的遊玩聚會。這個活動引發了我的好奇心，雖然知道「聽障」，但聽障朋友還是第一次出現在我的生活圈中，我既是好奇又是擔心：好奇聽障朋友究竟是什麼樣的人？擔心自己不擅長團體社交，不知道該將自己擺在團體中的什麼位置，也不太了解如何與人拉近距離。「不過既然是戶外活動，大不了就自己沿途看看花草，和平時一樣吧。」就這樣，我參與了聽障同志聚會，也開啟了密切與他們相處的日子。

從相處中，體驗單純的快樂

第一次參與聽障同志的聚會讓我感覺快樂。主辦者帶著大家依照計畫好的路線行走，到達特定休息處時便開始聊天與團康。在自我介紹時，由口語學得很好的聽障朋友鸚鵡來幫我們進行手語翻譯。這時我才知道，原來手語的「名字」並非由中文直接翻譯成手語，而是根據對方的特徵或者喜好來命名，比如鐘銘的特色是留著落腮鬍，因此他的手語名字就是「鬍子」，這真是有趣極了。在場所有第一次參與聚會的朋友，都快速得到一個手語名；我則因為外表沒有什麼特色，讓大家在命名時傷透腦筋，只好以布料的手語為名，替我取作「布」。

我也發現，即便沒有鸚鵡替我們做翻譯，我依舊能夠透過簡單的方式與聽障朋友溝通。當我們在表達參與聚會的感受時，我能僅用當天學到的一點手語，加上雙手比YA，就讓大家了解參與的快樂。

我看著聽障朋友們打手語，即便不知道他們交談的詳細內容，但能夠依據他們的肢體語言以及表情，判斷他們是在拌嘴、討論嚴肅的事，或者傲嬌不屑。與他們的聚會讓我體認到手語並非只作為翻譯的語句，事實上它運用了人體各種感官，形成獨有的語言及文化。

在聽人的文化中，非常依賴語句的運用。聽人交談是利用文句當作雙方的溝通工具，兩方對談時，重點在於字詞的定義，並藉由組合字詞來表達感嘆、失望、興奮等情緒。然而手語卻是直接依據對方的態度、表情，並搭配手語詞彙來表現。比如聽人在表達聚會心得時，常常僅是描述「很開心參加聚會」；但這種表達方式，聽障朋友會很難理解所謂的開心究竟是「很興奮」還是僅是「愉快」而已？也就是對手語來說，最重要的不是手勢說了什麼，而是以肢體語言及表情讓對方感知。

放下語言，用心傾聽

聽障同志聚會是公開性的活動，並沒有特別限制非同志參加，因此開始有聽障朋友擔心出櫃的問題。在聽障與同志兩種身分的雙重弱勢之下，聽障同志在一般社會裡幾乎被漠視。儘管我們盡力溝通，樂觀地認為參與活動的朋友應當是對同志友善的，但很難真正弭平聽障朋友的疑慮。這讓我理解到，無法順利跟他人溝通的不安感影響有多大。在聽損程度不一的狀況之中，每個人掌握的資訊是不對等的，即使人就站在面前，也可以直接利用對方無法使用的語言傷害對方，而這樣的問題嚴重到僅僅憑著情誼交流的我無法處理。有時會遇見聽人就在背後講著帶有歧視的語言，也有聽障倚仗著其他人是重度聽損，當著面跟我說對方的不是。我感到很不安，這是破壞信任關係的大忌諱。

團體的瓶頸使我開始思考自己的角色位置：我無法順利的維持團體的結構方向，也很難分辨自己在聽障朋友與聽人產生摩擦時該以何種角度處理，畢竟無論聽障或是聽人，都會有不想討好對方的時刻；然而長久下來，我慢慢理解，真正的溝通不在語言與文字，而是心，以及人與人相處的情誼。在這個聽人強勢的社會中，有幾個人願意學習手語去進入聽障的世界？相對的，要聽障朋友學習讀唇語、口語來進入聽人的社會，真的非常辛苦，也很孤獨，每每聽到聽障朋友描述學習的困難，都感到萬分不捨。因此我想用這個社會與聽障的實際關係，作為我的原則來與聽障朋友相處，我沒有刻意去學手語，我不希望因為自己會了，而在團體中的位置產生變化。我希望藉由維持這樣的精神，在多元族群的社會裡，尋找彼此理解、尊重與愛護對方的方式。在與聽障朋友的相處上，我找到了一條繩索：用心尊重對方、傾聽訴求、以豐富而非語言的情感表達。

為他們搭建溝通的橋梁

聽障朋友無法以有聲語言作為溝通方式,影響了他們在文字寫作上的表達。手語的語法跟一般中文不同,因此在與聽障朋友溝通時,邏輯上容易有模糊地帶,需要多加猜測揣度,有耐心地一一確認對方真正的意思。在本書裡,幾位聽障朋友寫了自己的故事,而我則是提供圖畫,為他們進一步詮釋,對於聽障朋友的文字只做最低限度的修改,希望能藉此讓大家體驗與聽障朋友相處時的氛圍。在書中,或許你會感到平常的用語習慣被打亂,而這正是與聽障朋友們相處時的真實情景。

在有限的文字中,我們該如何了解聽障朋友的社會處境?對他們的生命過程又有什麼影響?身為聽人,恐怕我也只能用力地去想像那些不曾有過的經歷。而本書正是一個出發的起點,盼望透過這本書,無論是你我,都能試著超越以往的慣性用語,以心去感受、探索聽障朋友的世界。

STORY 1

APERSON

Aperson在聽障同志聚會中很引人注意。外表乾淨、留了一點小鬍子，是看起來很有親和力的熊熊。在團體裡他比較年長，因此大部分的聽障朋友都很信賴他。第一次參加聚會時就給我很好的印象。他帶領大家做活動，也很熱心地招呼聽人。他打手語時會配上豐富的表情，真的是可愛極了！Aperson雖然是重度聽損，幾乎完全聽不見，但是他的個性卻很喜愛社交活動，經常討論要去哪裡玩、看什麼電影。然而，他對於自己的私人領域卻很保密。不知是否因為較年長有歷練的關係，無論在與聽障或聽人的相處上都保有原則，一切互相尊重，不逾矩。

某次他進洗手間，我幫他在外面看顧行李，出來時他居然用口語說了有聲的「謝謝」，讓我內心感動莫名。雖然這只是小小的禮貌，對他來說可能不算什麼；但我知道，他在這個聽人強勢的社會中能夠走出自己的一條路，懂得溝通、善待與自己不同的人，並沒有封閉自我。我看著他的時候，從未產生過自己能幫助他的高位思想，我知道他比我還要堅強。

看到天空好藍、草地好綠、太陽好紅、白雲好白，五花八門不同的顏色和配色，每一樣都好可愛又好奇妙，這是第一次見到顏色的魅力。

握著爸爸的雙手，感覺他的手好大又好粗，輕輕握著我軟嫩的小手，到處趴趴走。看著爸爸總會微笑的臉，這是第一次見到爸爸微笑的魅力。

幼稚園的我，雖然上學地點離家不用幾分鐘，總會吵著媽媽說我要搭幼稚園車，靜靜看著窗外五花八門的事物，引起我的好奇心。

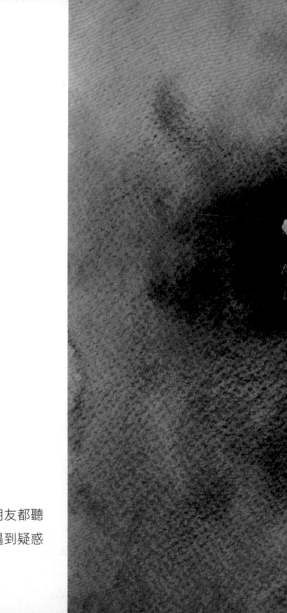

看到小朋友都能開口講話，我也可以開口講話，但小朋友都聽不懂我在講什麼，感到莫名其妙的挫折，這是第一次遇到疑惑的問題。

國小時被送去特殊學校，第一次和新同學一起玩，可能因為我長得很嬌小又娘娘腔，或是因為取手語名字的關係，學長們總是用暴力打我。我都會忍耐，咬著牙帶著傷痕回家。這是第一次受到暴力的恐怖。

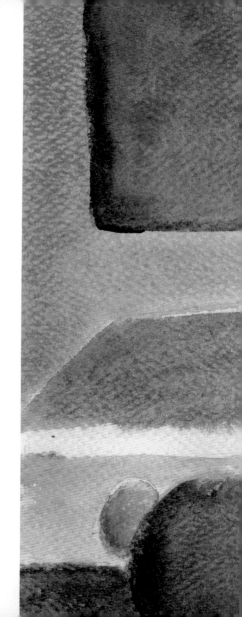

轉學第二次就送到口語班，之前還得先學說話訓練，戴著人人都會用異樣眼光看著的助聽器，我卻因為好奇心，拿著麥克風玩。這是第一次聽到奇妙的聲音。

心靈很小的我因為爸媽不在家，在房間裡無意間翻到黃色書籍，看到裸體、臉頰會變紅、心跳會變快，這是第一次感到羞紅的快感。

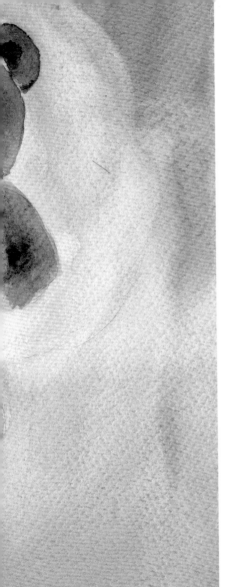

人人都會做夢，我夢到梁朝偉，他一直摸我。喜歡待在浴室泡澡的我，恰好邁入國中青春期，會玩自己的身體，弄來弄去，這是第一次對性產生好奇心。

穿著淡藍色校服、拿著綠色書包的高中時期，是我一生最快樂、最開心的日子。三年來，默默地陪著同學一起上課、一起玩、一起走，不知為何暗戀上專業科目的男老師，他戴著眼鏡，長得很斯文又端正，讓我感覺心跳好快。每次上這堂課，是我最開心的時光。這是第一次暗戀老師的微妙。

跟父母住在一起生活二十年了，第一次離家北上唸書，當時媽媽陪著我，替我準備好東西後，默默地離開我，一個人回到南部。這是第一次看著媽媽的背影離開我。

因為網路資訊發達才開始接觸圈內的環境，只憑他長得怎樣、他穿什麼、他的車牌號碼，就這樣見面了。第一次牽手，第一次kiss，就這樣第一次認識網友，而且當第一任boy friend。

不知因為我是聽障，還是對方沒耐心溝通，短短幾個月，從來沒吵架，但卻莫名分手了，心裡感覺難過到快死，就這樣結束了初戀的經驗，就這樣第一次分手。

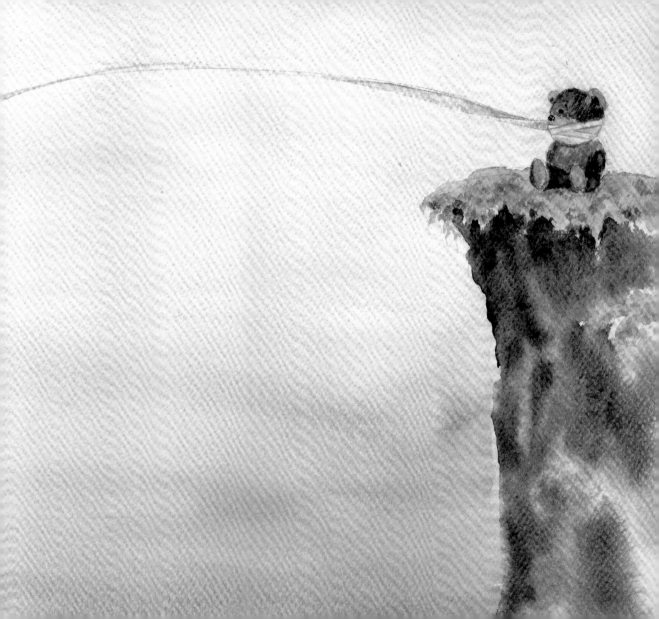

因為外國朋友來台灣玩的緣故，帶他們去知名夜店玩，就這樣與很多人跳舞、聽音樂、喝酒、聊天；雖然如此，但我自己感覺不是很開心，因為不想要這樣的感覺，就很少去了。這是第一次去pub。

他當著我的面大方打電話給另一個人，大方地聊卿卿我我，明知我在這兒，竟還面對我聊天，他不知道我多少懂得讀唇。我的心就這樣被他撕碎，心好痛，就這樣第一次被劈腿了！

記不得交了多少個的boy friend，早就不是第一次了，但有一位卻
是因為我愛上別人而拋棄他，他還一直等我，讓我愧疚不已，
還好他現在已經有很要好的boy friend。
就這樣第一次對不起他。

交了多少個boy friend，用十指手指都數不完，只記得那麼多個裡面，有一個都沒和我吵架，不是吵不起來，是沒辦法吵架；直到和聽障同學交往，才知道什麼是吵架的感覺，就這樣第一次吵架。

交往五年多的boy friend，每次遇到瓶頸就會吵架，因吵架而了解對方想要什麼，學會如何互相容忍、尊重對方的空間，就這樣第一次學會體諒別人。

認識那麼多位優良的同學，你們都真的很棒，讓我留下很多美好的回憶，認識你們真好。尤其是目前其中一位，讓我第一次感到難忘。

小猴子

小猴子的外表真的有點像隻小猴子，矮矮的，額頭又很高。其實他的名字跟猴子一點關係都沒有，是被我們強迫這樣稱呼的啦！小猴子個性開朗活潑，但內心又有敏感害羞之處。他也喜歡交友活動，每次出門玩樂，吃吃喝喝，都會有Aperson以及小猴子的身影。不過小猴子跟Aperson截然不同。他年紀較小，並不像Aperson有一套歷練過後的原則。他比較熱情，喜歡做一些頑皮的事，卻也比較容易情緒不穩。他很在乎別人對他的看法，常常問我對他的外表或能力有什麼想法。小猴子的口語能力算很不錯，雖然發音比較不清楚，但也是聚會之中數一數二優秀的。雖然小猴子性格頑皮，但他也很擅於照顧別人。由於我們私下出遊的機會頗多，通常都是他幫我手語翻譯。我在手語上無心鑽研，常鬧笑話，他也都很有耐心地為我用口語解釋。我希望小猴子能夠更有自信、不在乎別人的眼光快樂地成長。

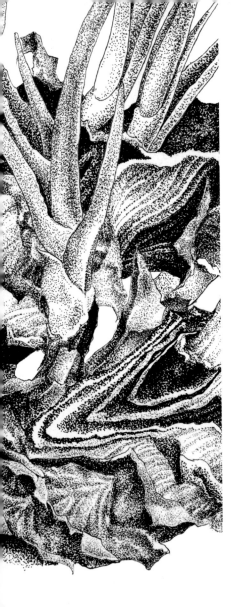

我是小猴子。

生長在一個和樂的家庭中。

爸爸在工地工作，媽媽開麵店，雖然爸爸和媽媽的學歷不高，
但刻苦奮鬥的精神深深地影響了我，爸爸和媽媽真的辛苦了。

國小時，我不會講話，也不喜歡說話，不愛讀書，成績又不好，下課愛出去玩。後來升上國中的資源教室，想不到老師要教我講話。看到不會講話的學長、學姐比手語，覺得好奇很想學，學長和學姐有教我手語，每天在學校可以慢慢學比手語，很高興！

剛開始成績不盡理想，對我而言是一個滿大的打擊，但是老師馬上發現了這個現象，一直給我幫助。後來成績第一名、當班長、啦啦隊等，常幫老師處理很多事情。不論是實質或精神上，真的有學習到，成績也有進步，而且還擔任數學小老師！那時的我清楚了解到教師作育英才的偉大！

國中時，開始發現自己喜歡男生，當時不知道「同志」是什麼。那時有些女生在追我，但我對女生真的沒感覺。我不敢跟別人說自已喜歡男生，怕別人會說很噁心，或者不願意和我做朋友，還會刻意保持低調，不讓別人知道我是男同志。

記得高中時我交了男朋友，我們交往五年多。最後因為對方的家人逼婚分手，我沒想到他真的去結婚了。我不懂為什麼要騙我？為什麼要這樣對我？當時我哭了，覺得心碎。想不到之後他居然還寄了喜帖給我，希望我能參加他的婚禮。我不想看到他，怕自己還是會哭，所以沒有答應去參加。我希望能開始新的生活，能夠慢慢忘掉他，

但是我做不到，要忘掉他，很難。

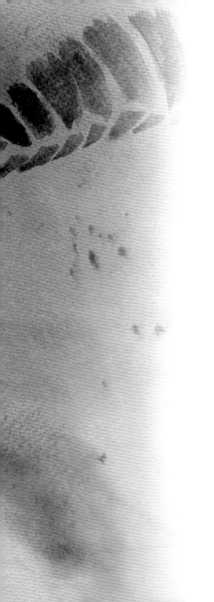

大學的時候，心情不好時我會找輔導老師和他談心裡的事，覺得輔導老師說的很多都有道理。
身為男同志給人快樂的感覺，但所承擔的痛苦大於快樂。

我看到最關鍵的部分：「痛苦不是來自於自己的身分，而是社會壓力所造成。」因為社會多數都認為這樣不正常，不能認同同志。

我覺得同志能否快樂要看人，出櫃前跟出櫃後都是。有些過得很好，但有些卻幾乎憂鬱到想死。

我所知道的快樂男同志，雖然只是一部分，但有越來越多的趨勢。這些人選擇驕傲、自信的以男同志的身分活著，不在乎他人的眼光。

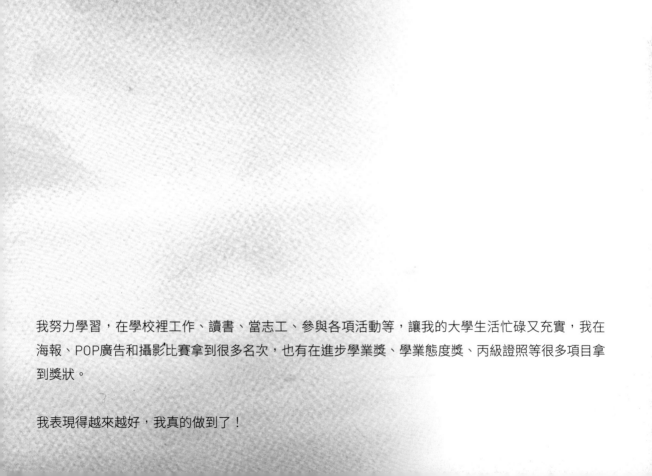

我努力學習，在學校裡工作、讀書、當志工、參與各項活動等，讓我的大學生活忙碌又充實，我在海報、POP廣告和攝影比賽拿到很多名次，也有在進步學業獎、學業態度獎、丙級證照等很多項目拿到獎狀。

我表現得越來越好，我真的做到了！

STORY 3

OCEAN

OCEAN

Ocean住在高雄，很少能夠來台北參加聚會，當時我們也只有小聊一會兒。後來我們交換了MSN帳號，因此我與他的接觸，大多時候都是在網路上。Ocean的星座是雙子座，可以想像他的表達能力也不差。雖然沒有優秀的口語或文字能力，但他的個性是很輕鬆自若的，對話也不會有聽障與聽人因生理不同而產生的疏離感。他時常跟我在MSN上分享心情，當我們把視訊打開時，他就介紹他的狗狗。他也是我所認識之中交過最多男友的聽障朋友。他從未以弱勢者自居，常跟我分享他在照顧他的男友。他的故事，是我以MSN對話記錄下來的。我跟他說想要蒐集聽障朋友的故事做為繪本，他便興致高昂地提供許多他的過去給我聽。與他對談最讓我感動的是：他很清楚人的交往一定會遇到許多困難，要互相了解對方才是真正的在一起。那時，我也經歷了一些與聽障朋友溝通上的困境。有些時候真的只是小誤會，但可能就此生疏了，誰也不願意跨出一步。Ocean讓我看見成長與力量，他懂得溝通是雙方的責任，絕對不是一方遷就另一方，這才是長久的相處之道。

國中時，我有交筆友，不知不覺與一個很好的男生交往，雖然和他在一起的時間不久，但還是不錯的初戀。

他不介意聽障，是可靠的對象；只是朋友在背後亂講話，害我難過。

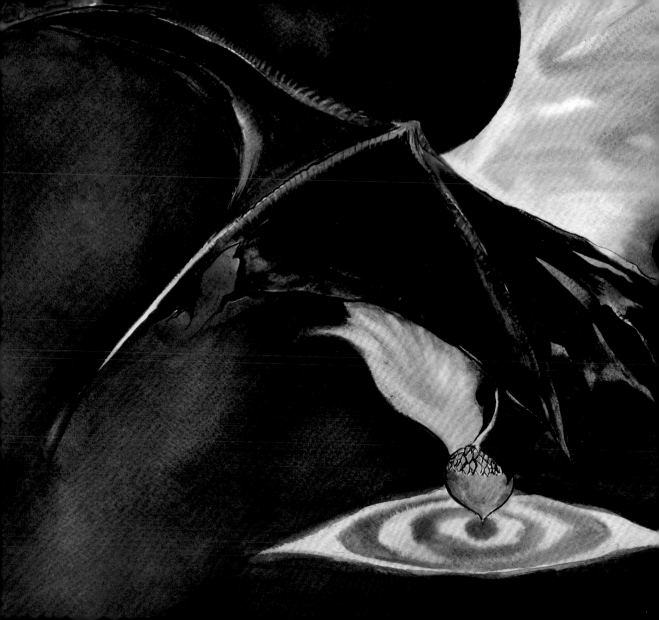

當時出櫃，每個人的反應都不同，表情總是很怪。也曾經被叮嚀，不管我做什麼上天都有在看。

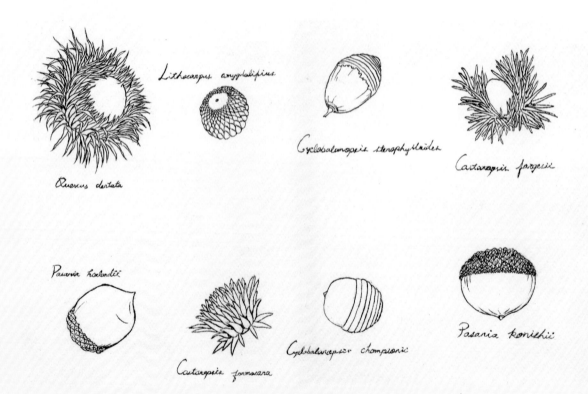

Quercus dentata

Lithocarpus amygdalifius

Cyclobalanopsis stenophylloides

Castanopsis fargesii

Pasania hancockii

Castanopsis formosana

Cyclobalanopsis championii

Pasania konishii

畢業之後，有時會跑去中正公園，或者在家上網。

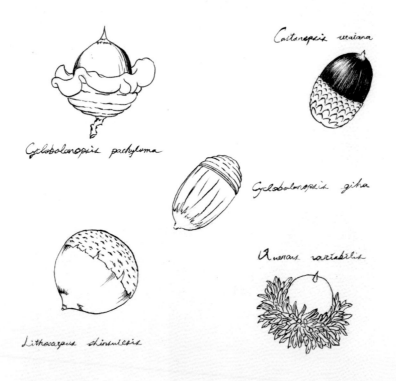

Castanopsis uraiana

Cyclobalanopsis pachyloma

Cyclobalanopsis gilva

Lithocarpus shinsuiensis

Quercus variabilis

因為這樣認識了很多朋友：小嘉、小白、小揚、阿鴻、阿俊、丫威，也交過幾位男朋友。

有一任男朋友曾經要我搬去他家，在那邊半工半讀，後來他媽媽叫我去她公司工作，差點被知道我們的關係。

有任男朋友是上聊天室認識的，當時他還在當兵，可惜他很花心。

後來認識了震，他是雙性戀，我們在斗六見面，一起去看電影。他知道我是聽障，
也會一點點手語。

我生日的時候，他送給我很特別的禮物，是一顆星星。

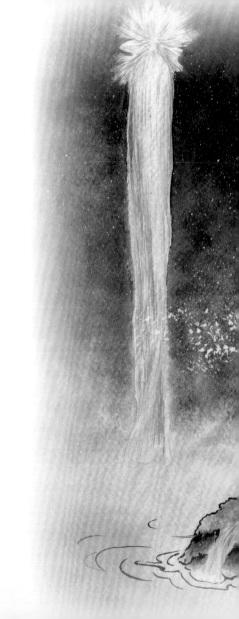

退伍那時，他決定跟我分手。
那一天，他叫我看星星裡的字，那是我和他在一起時，他寫的
的日記，我很感動。

跟震分手之後，我會割自己的手，覺得很難過，也不知道還能
活多久，我怕自己難過時會做傻事。我太累了，想快樂卻快樂
不起來，如果我死了，要火化在海裡。

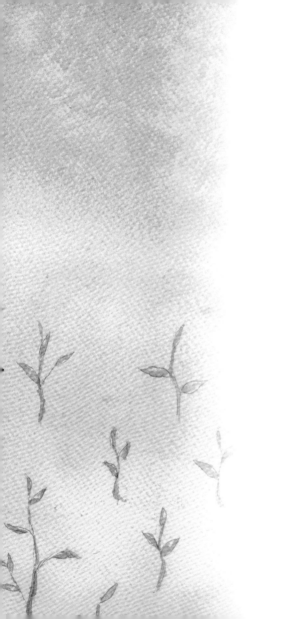

我覺得，兩個人在一起要經歷很多事，可能會遇到困難。但是如果你真心喜歡對方，也要了解對方，彼此了解才是交往，才是在一起。

現在的男朋友知道我在高雄工作，生活很辛苦。我也幫他找到了百貨公司的工作。

即使和他吵架好多次，但我還是很愛很愛他。

STORY 4

小翔

小翔是我認識的聽障朋友裡，屬於安靜害羞的類型。每次大家一起出去玩，小翔都很少參與話題。並不是因為小翔個性不好或者大家欺負他，而是因為小翔每講一件事都要將所有來龍去脈交代得清清楚楚，別說是聽障朋友了，連我都覺得怎麼這麼囉嗦呀？在這裡先跟小翔道個歉，哈哈。小翔很喜歡吃點心，參加聚會經常帶小點心給大家吃。可是我們都一直勸他不要把肚子吃大了，同志市場是很現實的啊，再這樣下去恐怕要一輩子光棍了！也許因為小翔溫吞的個性，至今都沒有交男友，我們也都很努力地推銷他。小翔也是重度聽障，幾乎都是依賴手語及文字與他人溝通。他對手語很有興趣，時常教導我們正確的用法，也很願意參與團體，平時還會上教會。有時候他也會在沒有聽障朋友的陪伴下，獨自前往聽人的活動。是一個很有趣的人。由於小翔並沒有談過戀愛，邀請他參與繪本製作時我還有些擔心；然而當我拿到文章時大吃一驚，他寫出了其他聽障朋友所沒有的經歷。並且藉由他的寫作，我才得以一窺在聚會裡也難得一見的「聽障同志的成長故事」。

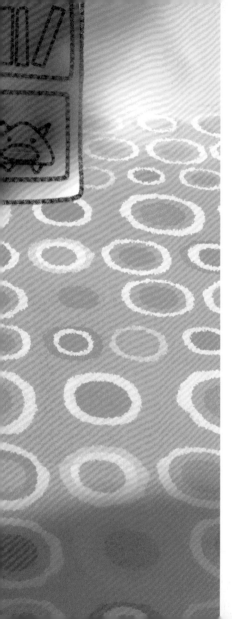

爸爸、媽媽都出門去忙工作了，把我這個聽不見的小孩一個人丟在家裡。無聊的時候，想要買零食來吃，在雜貨店裡看見想要的「家家酒」玩具，買下來後，沒有人陪我，就自己玩。

大約八、九歲左右的我，很愛出去玩，爸爸每天帶著我去朋友
家。我喜歡古早味的抽抽吃東西，還有電視遊戲的超級兄弟，
一直一直玩，玩到太晚了忘記回家，趕緊跑到朋友家的門口，
喊著請朋友的伯母過來。伯母開門後讓我進去，我問：「爸爸
呢？」她說你爸爸不在，已經回家了。

伯母讓我借住一晚，把我帶進去大哥和三哥的房間一起睡覺。
大哥睡在旁邊，但是我睡不著，無法入眠。大哥長得好英俊，
大約十七、八歲左右，我當時一直翻身，看著哥哥。他被我吵
醒，我的頭被他的手抓進去被子裡面……我心裡一開始就知道
喜歡男生，是不能說的祕密。

一大早起床後，吃了早餐，爸爸回來了，被他罵得好慘，「你怎麼這麼晚才回家，找不到你，跑去哪裡了？」伯母擋住爸爸，「別罵了，只是小孩子不懂事而已。」我不能說話，又聽不到，也無法寫字，還沒有接受學校的義務教育，無法和爸爸溝通……

後來又去同樣的地方玩。急著上廁所時，還沒有關門，大哥突
然進來一起上廁所。他把門關起來，我在尿尿，看著他站著的
重要部位也在尿尿，又被他的手輕輕拿著我的手……

同樣的木板床，我在三哥旁邊一起睡。半夜睡不著，就看著三哥，他的腳不小心跨在我的腳上不動，然後拿我的手去摸他。

有時待在家裡無聊，大家都跑出去吃飯了，剩下我們兩個人。三哥比手畫腳想要跟我玩，我回答說：「好。」他很高興，後來又發生了好幾次。

我聽不到，又不能說話，無法跟爸媽用語言溝通，就算想著要
勇敢跟爸爸媽媽說我喜歡男生，但卻沒勇氣講。

我了解爸爸和媽媽是男人和女人結婚的正常家庭，男生和男生
是不能在一起的，傳統習俗是男女正常戀愛。

我記得國小五、六年級的自然科老師，帶著我們去看男女性關係的影片，但是老師沒有教同志的議題。

直到高中，有了網路可以上網瀏覽看論壇，裡面有很多同志資訊可以學習，例如HIV、做愛……等等之類。雖然想找老師討論，但是也不敢問，只能和網友討論請教。

看見二○○九年十月三十一日台灣同志大遊行的資訊，有「同志愛很大」義工服務報名，我與橘子（邵祺邁）討論，他要我試試參加DM發送組的義工服務。那天同志大遊行時，在凱道集合並跟著義工朋友遊行，還看見王鐘銘的大舉牌。

活動到晚上結束，覺得好累就回家了，打開電腦上網，看見王鐘銘上線，我馬上跟他聊天：「因為聽不到又不能說話，今天不好意思跟你打招呼。」
「不用害羞，下次記得打招呼。」他對我說。

他也有一個聽障朋友，還介紹給我們認識，見面後一起聊天好開心。

「願不願意參加二〇一〇年四月十一日創辦的第一次聽障同志聚會？」「好，會參加。」但是有點擔心身分曝光的問題，會擔心別人用異樣的眼光看我，和覺得噁心。

第一次聽障同志聚會那天，認識很多聽障和聽人朋友，有了跟大家認識交流的機會。之後，聽障同志聚會活動也持續舉辦。

我覺得聚會不錯，能和聽人用筆交談，我也教他們手語，聊天
好搞笑，比手語也好好玩，有時還會私下約朋友一起去玩。

只可惜，還沒找到對彼此有感覺的人。

後記

　　謝謝您讀完這本書,對我來說,這段日子給我人生非常特別且難忘的經驗,而這本書更具有對聽障同志聚會,以及我自己的紀念意義。

　　參與聽障朋友的聚會,給予我這樣的一位聽人的幫助,可能比我給予聽障朋友的更多。在這裡,除了認識聽障朋友以外,更集結了許多很特別、或是更懂得生命溫度的朋友們,給我一個機會認識更多樣化的同志,讓我體認族群並不重要,重要的是一個人的心在何處。

　　並且,還不僅僅如此。

　　大約在參與聽障同志聚會後的兩年,我與家人偶然聊到了一位親戚,大人們都稱呼她為啞巴阿姑。小時候,她就住我家樓上。幼年時我常看見她在公寓門前的廟口閒晃或休息。她是文盲,無法用任何語言溝通,大人們都說她有點智能不足,而我也一直這樣以為。由於參與了聽障同志聚會,對於聽障的狀況略為熟悉,我便繼續問下去。他們告訴我啞巴阿姑從小就聽不到,曾經被送去聽障學校,但是她卻逃學不想返校,說是學校裡的同學都很奇怪。後來真的再也沒有上學,長大還曾被人性侵害。幸好最後有位老榮民娶她進門、照顧她,並且交代將遺產留予她及孩子。我這才恍然大悟,原

來我們從小認定智能不足的啞巴阿姑並不是智能不足，她就與我所認識的朋友一樣是位聽障！由於當時聽障學校的資源與品質不足，造成她排斥上學；因為教育不足，導致在各方面能力都落後。我幾乎難以想像那些在我身邊的朋友，如果早出生三十年、或是家境差些，很可能就像啞巴阿姑一樣過著難以與人溝通的生活。在處理團體中各種問題的同時，奇妙地與我自己的人生，甚至家族產生了連結。聚會使我認識了聽障朋友，也同時在我的生命裡紮根。

《聽不見的小翔》收錄了四位聽障朋友的故事，但對於表達聽障朋友的生活恐怕只是九牛一毛。即便是現在，仍有許多聽障朋友對於走進社會感到恐懼。在並非無障礙的環境中，最令人擔憂的還是他們成長的背景以及社會給予的資源。或許現今社會在醫療、環境等硬體設施上有加強，然而聽障朋友一路走來的心理需求是難以被輕易量化的。而我自己最希望的是，無論聽障朋友或聽人、無論同性戀或異性戀，都能得到他們應該擁有的權利，以及堅強完整的靈魂。

大布吉

國家圖書館出版品預行編目(CIP)資料

聽不見的小翔 / 大布吉圖.文. -- 初版.
-- 臺北市 : 基本書坊, 2015.02
152面 ; 18.5×16.8公分. -- (彩虹館 ; E007)
ISBN 978-986-6474-63-7(平裝)

855　104000970

彩虹館 編號 E007

SILENT IN TOUCH

聽不見的小翔

作　　　者	大布吉
責 任 編 輯	陳怡慈
美 術 設 計	陳恩安

企畫・製作	基本書坊
社　　　長	邵祺邁
編 輯 顧 問	喀飛
副 總 編 輯	郭正偉
業 務 助 理	郭小霍
首 席 智 庫	游格雷

通　訊	100 台北市中正區南昌路二段一一二號六樓
電　話	02-2368-4670
傳　真	02-2368-4654
官　網	http://gbookstaiwan.blogspot.tw
E-mail	pr@gbookstw.com
劃撥帳號	50142942
戶　名	基本書坊

總 經 銷	紅螞蟻圖書有限公司
地　址	114 台北市內湖區舊宗路二段一二一巷十九號
電　話	02-2795-3656
傳　真	02-2795-4100

2015年 2月 6日 初版一刷
定價 新台幣 360元

感謝為《聽不見的小翔》無私分享生命故事的朋友們。

ISBN：978-986-6474-63-7

剛剛你們去玩？去哪玩？
淡水和華山文創園區
↓
什麼展覽？
大同小綵光

電視動畫的嗎？
看 不知道正個動畫
＝電腦可以用"複製"
小的侯候都會畫課本

今天台北車站逛之恩，
有些賣文具筆記本很多種
誠品嗎？不是，丸丸？
我都去光南

買那個幹嗎？
貼哪？

日記？
很少用

他是鼓勵你：
如果要把筆談同學好，
要常常看書和和人聊天練習

小士 的筆談就很好
小口 也是

他都不講話
常坐在後面
有去取食
社團

他說他說口語像
小孩子 聲音

絕 因為他聽不清楚
所以發音會比較像
小朋友學說話
保送：同夜就見面嗎？
保覺得呢？沒關係
看你想買什麼樣的價錢

辦文件？

應徵？

做兼職工作

但是我也不會做

公司經理想希望

我可以放到

他有仲介房仲的

驚人出賣房客

很難吧

要很會溝通 跟交朋友

不是所有人都適合

我覺得跟不認識的人

講話但溝通很不容易

等等吧！

但是經理說過將來

你房仲的驚人這麼

等談賣房子才有賺多

如此

可是我也沒有也是

我要把你加進FB社團裡 秘密社團

FB 和名字

我是新來人！

我是有！ 但是扮是異性戀

每一有空的話

全主 gg聊聊

你在哪裡看到我們的資訊？

bbs ptcc.com

一般蜂蜜的淡黃色的

日歷女

以前的穎女

你又買一堆點心

下星期要去游泳耶

還吃！

拼一個另塊

給吃肉塊(紅)

地你 開 好像是菊花

溶蜜

為什麼學志軍照ㄅ？

什麼口味 今天有

乾啦保險的

你可以感覺覺震動嗎

這通有Gay照片

毒蛾 的毛毛蟲

顏包很深